Bili Boncyrs Ar Y Fferm

Caryl Lewis • Gary Evans

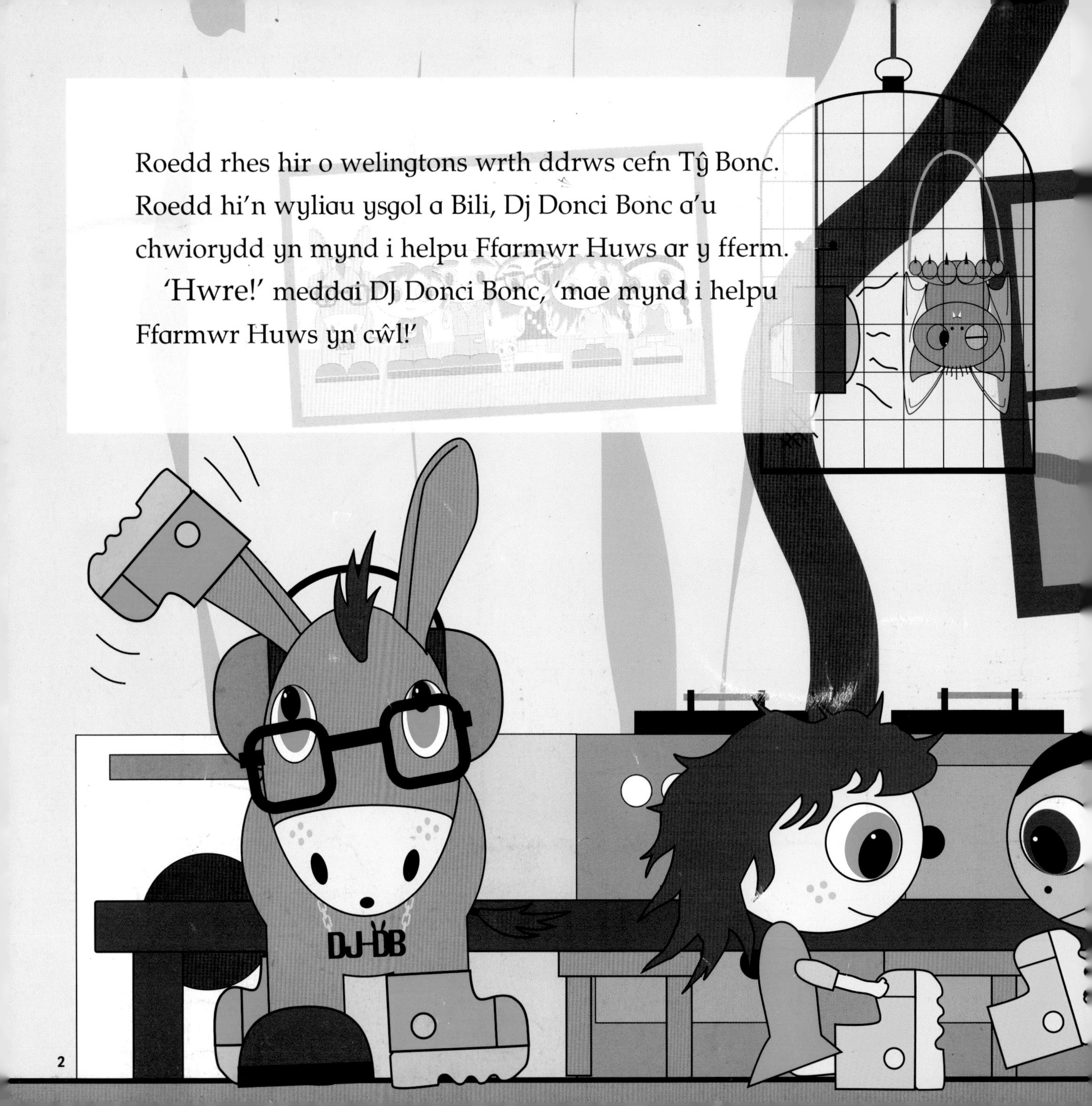

Roedd rhes hir o welingtons wrth ddrws cefn Tŷ Bonc. Roedd hi'n wyliau ysgol a Bili, Dj Donci Bonc a'u chwiorydd yn mynd i helpu Ffarmwr Huws ar y fferm.

'Hwre!' meddai DJ Donci Bonc, 'mae mynd i helpu Ffarmwr Huws yn cŵl!'

Ar ôl brecwast o fresych a tships dyma pawb yn gwisgo welingtons.

Welingtons coch oedd gan Bili. Pedair welington las oedd gan DJ Donci Bonc. Roedd gan y merched welingtons melyn a gwisgai Sili'r gath bedair welington fach biws.

Fferm Ty'n Ceilog

Roedd hi'n fore mwyn braf wrth i bawb gerdded tuag at ffarm Ffarmwr Huws. Wrth iddyn nhw gyrraedd y clos, roedd hi'n stori wahanol!

Roedd y ceiliog yn clochdar… y ci defaid a'i draed i fyny yn pallu gweithio… roedd Mwwlsen y fuwch heb ei godro a'r anifeiliaid ar y fferm heb eu bwydo…

Roedd golwg ofnadwy ar Ffarmwr Huws druan.

'Peidwch â becso!' meddai Bili Boncyrs, ryn ni yma nawr i helpu!'

'Wel diolch yn fawr i chi i gyd,' meddai Ffarmwr Huws, 'mae eisiau porthi'r anifeiliaid...'

'Fe wnawn ni hynny,' meddai Tili a Mili gyda'i gilydd.

'Mae eisiau godro Mwwlsen...'

'Fe wna i hynny,' meddai Bili Boncyrs.

'... ac mae eisiau casglu'r defaid i mewn...'

'Fe wna i hynny,' meddai DJ Donci Bonc.

'Bydd eisiau bwcedi arnoch chi i fwydo... a ffedog arnot ti i odro... a beic modur i gasglu'r defaid... '

'O cŵl!' meddai DJ Donci Bonc, 'dwi wedi cael y job ore.'

Dyma Tili a Mili'n dechrau bwydo'r anifeiliaid. Dyma nhw'n taflu barlys i'r ieir a'r ceiliog...

… yn rhoi slops i'r mochyn…

Dyma Tili a Mili'n rhoi llaeth

i'r llo bach...

… a byrgyr a tships i'r ci defaid…

'Wel!' meddai Mili, 'ryn ni wedi gweithio'n galed bore 'ma.'

'Dwi'n meddwl ein bod ni'n haeddu hoe fach,' cytunodd Tili.

Roedd Bili Boncyrs yn brysur yn godro Mwwlsen y fuwch. Roedd e wedi gwisgo ffedog ac wedi eistedd ar y **gadair deircoes**. Roedd Mwwlsen yn bwyta'r silwair o'i blaen. Dechreuodd Bili ei godro ond roedd y llaeth yn mynd i bobman!

'Mae'n ddrwg 'da fi Mwwlsen! Dwi ddim yn medru godro'n dda iawn!

'Da iawn ti, Bili. Rwyt ti wedi llwyddo i gael y rhan fwyaf o'r llaeth i mewn i'r bwced!' meddai Ffarmwr Huws.

'Mae'r anifeiliaid wedi eu bwydo hefyd, diolch i Tili a Mili... Nawr te... lle ar y ddaear mae DJ Donci Bonc?'

Yna, fe glywodd pawb sŵn... sŵn rhywun yn gweiddi...

'HELP!'

Rhedodd pawb o'r clos i'r cae i weld DJ Donci Bonc ar gefn y beic modur. Roedd y defaid yn rhedeg i bob cyfeiriad a DJ Donc yn sgrialu ar hyd y lle.

'HELP! Wnes i ddim gofyn sut roedd stopio'r beic 'ma!'

'O diar!' meddai Tili a Mili, 'be nawn ni?!'

"HELP!"
DJ DB

Fe yrrodd DJ Donci Bonc y beic i fyny'r cae… ac i lawr y cae… drwy'r clawdd… a dros ben y giât yn grwn… Roedd y defaid yn brefu a'r ceiliog yn clochdar a'r ci defaid yn cyfarth a Mili a Tili yn sgrechian….

… nes i Bili gael syniad…

'DERE'R FFORDD HYN!' gweiddodd Bili dros y sŵn.

Gyrrodd DJ Donci Bonc tuag at y clos.

'GYRRA I MEWN I'R DOMEN!' gweiddodd Bili eto.

'DYNA'R UNIG LE MEDDAL I TI ALLU GLANIO YNDDO!'

Gwibiodd DJ Donci Bonc heibio ar gefn y beic.

'NAAAAAAAAAAAAA!'

Gyrrodd ar draws y clos nes gyrru SBLWTSH i mewn i'r domen!

Stopiodd y beic.

'Wyt ti'n iawn DJ?' gofynnodd Tili a Mili.

Daeth DJ oddi ar gefn y beic.

'Wel, diolch am y syniad gwych Bili,' meddai DJ.

Roedd e hyd at ei glustiau mewn **dom da!**

'PW!' meddai Bili, 'ti'n drewi!'

Roedd Tili a Mili, a'r ci defaid yn dal eu trwynau.

Dechreuodd pawb chwerthin.

'Wel… rych chi wedi gwneud fy niwrnod i,' meddai Ffarmwr Huws a gwên fawr lled giât ar ei wyneb.

'Wel… ,' meddai DJ a gwên, 'dwi ddim yn meddwl mai fi gafodd y job orau, wedi'r cyfan!'

Hefyd yn y gyfres...

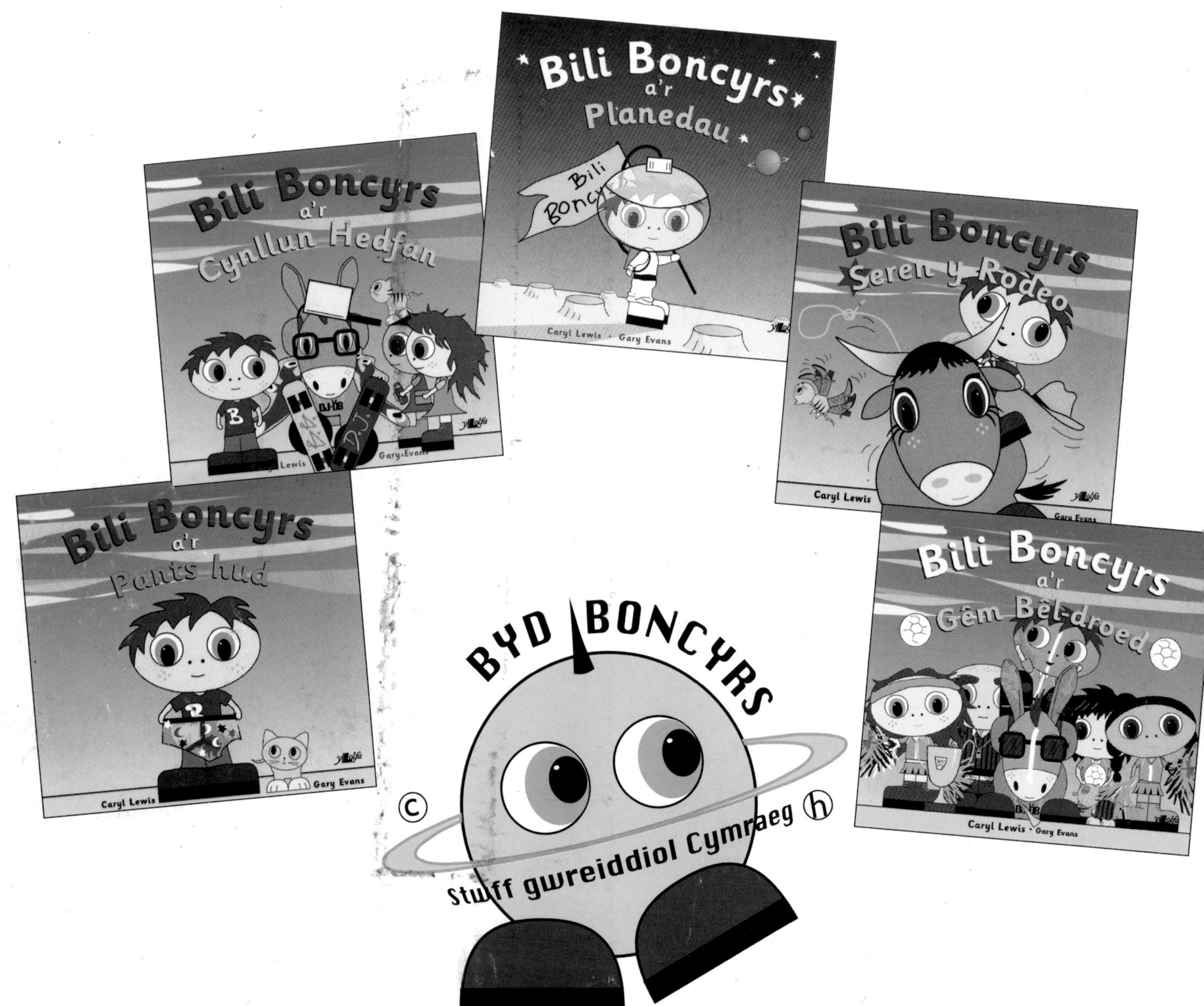

www.bydboncyrs.com